Catalogage avant publication de Bibliothèque et Archives nationales du Québec et Bibliothèque et Archives Canada

Brochu, Yvon

    Le Grand défilé

    (Mini Ketto ; 2)
    Pour enfants de 6 ans et plus.

    ISBN 978-2-89591-235-4

    I. St-Onge Drouin, Julie, 1975- . II. Titre.

PS8553.R6G72 2015   jC843'.54   C2014-942721-2
PS9553.R6G72 2015

Correction et révision : Annie Pronovost

Tous droits réservés
Dépôts légaux : 2ᵉ trimestre 2015
Bibliothèque nationale du Québec
Bibliothèque nationale du Canada
ISBN : 978-2-89591-235-4

© 2015 Les éditions FouLire inc.
4339, rue des Bécassines
Québec (Québec) G1G 1V5
CANADA
Téléphone : 418 628-4029
Sans frais depuis l'Amérique du Nord : 1 877 628-4029
Télécopie : 418 628-4801
info@foulire.com

Les éditions FouLire reconnaissent l'aide financière du gouvernement du Canada par l'entremise du Fonds du livre du Canada pour leurs activités d'édition.

Elles remercient la Société de développement des entreprises culturelles du Québec (SODEC) pour son aide à l'édition et à la promotion.

Elles remercient également le Conseil des arts du Canada de l'aide accordée à leur programme de publication.

Gouvernement du Québec – Programme de crédit d'impôt pour l'édition de livres – gestion SODEC.

 Imprimé avec des encres végétales sur du papier dépourvu d'acide et de chlore et contenant 10 % de matières recyclées post-consommation.

 MIXTE
Papier issu de sources responsables
FSC® C023527

IMPRIMÉ AU CANADA/PRINTED IN CANADA

Yvon Brochu
Julie St-Onge Drouin

Le Grand défilé

ÉDITIONS
FouLire • mini KETTO

À Léonie et Charles-Olivier,
mes deux amours…

Ainsi qu'à mon père, le tout
premier chauffeur du Bibliobus
de la ville de Montréal…

Et à ma mère, qui a œuvré
pendant de nombreuses années
dans les bibliothèques.

Yvon Brochu

Pour la souriante Adèle.

Julie St-Onge Drouin

Chapitre 1

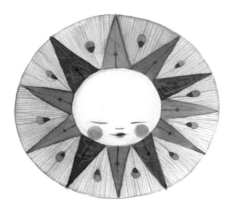

C'est l'été. Le soleil brille sur la rue des Colibris, dans le quartier des Jardins fleuris. Ce quartier est entouré d'une immense forêt.

Deux jeunes filles s'assoient sur un banc, au fond de la cour, près d'un boisé.

– Bonjour, Adèle !

– Bonjour, Léonie !

Adèle a de beaux cheveux blonds et longs. Elle se fait souvent une tresse. Elle ressemble à une princesse.

Léonie a les cheveux courts et fins. Ses minces couettes lui donnent un air très chouette.

Adèle et Léonie ont un joli sourire un peu moqueur et des yeux rieurs. On dirait des sœurs. Pourtant, non ! Elles sont voisines. Et pas mal coquines !

Adèle et Léonie sont les deux meilleures amies du monde !

Et elles ont un grand secret. Elles en ont même trois. Trois secrets… sur quatre pattes !

Voilà justement les trois secrets qui bondissent vers elles, entre les bouleaux blancs.

Le premier arrivé est un renard roux au regard doux.

– Comment allez-vous, Adèle et Léonie ?

Puis, deux boules de poils sautent dans les airs : une pirouette et hop !… alouette !… elles atterrissent sur le banc.

– Coucou, les filles ! s'exclament
les écureuils.

– Bonjour, Grizou ! répond Adèle.
Bonjour, Ripou !

Grizou et Ripou sont des jumeaux
rigolos. Avec Rouquin, le renard,
ils forment un trio d'amis fidèles.

– À quoi on joue ? demande Adèle.

– À la cachette ! propose Léonie.

Ses yeux brillent comme
des mouches à feu.

– Impossible ! répond le renard.

– Impossible ! répète Grizou.
Aujourd'hui, c'est le Grand défilé
des livres.

Les trois animaux rayonnent
de joie.

– Mais les livres ne peuvent pas
faire un défilé ! s'étonne Adèle.

– C'est vrai ! lance Léonie.
Les livres ne jouent pas
de musique. Ils ne font pas
de chars allégoriques !

– Non, mais les animaux qui
sont dans les…

– Chut ! font les jumeaux.
Rouquin, on ne doit rien dire !

– On venait vous saluer avant de
partir, ajoute Ripou. Pouvez-vous
nous prêter votre voiturette ?

Adèle demande :

– Pourquoi ?

– Euh… c'est pour…
euh… marmonne l'écureuil.

– C'est un secret ! intervient
son frère, qui lui fait un clin d'œil.

Un Grand défilé de livres… avec des animaux… et un secret !

Il n'en faut pas davantage pour qu'Adèle et Léonie s'exclament:

– ON VEUT Y ALLER !

Un vrai cri du cœur !

Le trio poilu en est tout ému.

13

Les animaux s'éloignent un peu
pour discuter.

Adèle et Léonie se croisent
les doigts.

Quelques minutes plus tard,
le renard et les écureuils se
rapprochent du banc. Rouquin
annonce :

— On vous emmène, mais vous
devez vous déguiser en animal.

– Oui, renchérit Grizou, le Grand défilé est réservé aux animaux.

– Et vous devez apporter votre voiturette ! rappelle Ripou.

– Voulez-vous toujours venir ? demande le renard roux.

Très curieuses, Adèle et Léonie laissent échapper un grand…

Chapitre 2

Moins d'une heure plus tard, les trois amis poilus attendent Adèle et Léonie à leur banc.

Quelle surprise !

Le trio voit arriver un renard roux et un écureuil qui tirent une voiturette.

– Wow! s'exclame Ripou.
Quelles belles oreilles!

– C'est la mère d'Adèle qui
les a faites, explique Léonie.

– Ta mère a des doigts de fée,
Adèle! déclare Rouquin. Bon!
Allons-y!

Avec leurs amis, Adèle et Léonie marchent dans un sentier, puis dans un autre, et encore un autre. Plein d'animaux joyeux se joignent à eux. Ouf! Personne ne les remarque. Les deux amies sont rassurées.

Il faut suivre les panneaux indicateurs. Sur chacun, un livre et un autobus sont dessinés.

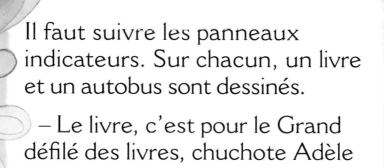

– Le livre, c'est pour le Grand défilé des livres, chuchote Adèle à Rouquin, mais pourquoi y a-t-il un autobus sur les panneaux ?

– C'est une surprise ! répond le renard.

– Et pourquoi ces animaux ont-ils des voiturettes comme la mienne ? demande Léonie.

– C'est une surprise ! répètent Grizou et Ripou, amusés.

Adèle et Léonie continuent d'avancer, main dans la main. Elles ont la tête pleine de questions et le ventre rempli de petits papillons.

Soudain, elles débouchent sur un chemin plus large. Tout au bout, elles aperçoivent une puissante lumière : le soleil.

– Ah ! Voilà la clairière ! s'exclame Grizou.

– On arrive ! annonce Ripou.

Les jumeaux bondissent de joie.

Chapitre 3

Les cinq amis se retrouvent dans un champ rempli de soleil et de vent. Il y a beaucoup d'animaux.

Ils forment un cercle autour d'un étrange autobus.

– On dirait l'autobus dessiné sur les panneaux ! fait Adèle.

– C'est lui, répond Rouquin. C'est le bibliobus. Il est rempli de livres !

– Et le défilé, il est où ? demande Léonie.

Tout à coup, des roulements de tambour jaillissent de l'autobus.

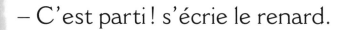

– C'est parti ! s'écrie le renard.

Les spectateurs hurlent de joie.

Des sons de clarinette et de trompette éclatent à l'unisson. Une musique assourdissante retentit. Elle fait même frémir les buissons.

Adèle et Léonie ont l'impression que le bibliobus va exploser.

La porte s'ouvre.

Elles voient sortir des animaux déguisés : des gazelles-majorettes, un zèbre-bouffon, un éléphant-lutteur sumo, une girafe-parapluie, une pieuvre jongleuse de livres, un duo de singes-trapézistes, un chat-acrobate, des crocodiles-cracheurs de feu…

Ça n'arrête plus !

– Chaque année, dit Rouquin,
les héros-animaux font le Grand
défilé. Ils quittent leurs livres pour
nous faire plaisir !

– C'est fou, c'est beau, c'est
génial ! s'exclame Grizou,
en sautant partout comme
un kangourou.

– Regardez à votre droite ! crie Ripou. Voilà le méchant loup du Chaperon rouge, déguisé en clown… aux dents de requin. Il va vous MANGER ! Ha ! ha ! ha !

Partout, les animaux tapent des pattes, dansent et admirent les prouesses de leurs héros. Ces derniers défilent tout autour de l'autobus sur des motos-papillons, des autos-accordéons, des fusées-ping-pong…

Adèle et Léonie assistent à un défilé MAGIQUE !

Rouquin explique :

— Après le défilé, vous pourrez
monter dans le bibliobus, choisir
les livres de vos héros préférés et
les rapporter dans votre voiturette.

— Wow !

Adèle et Léonie sont épatées.

Les héros du défilé se mêlent
aux spectateurs.

Les deux amies se laissent entraîner dans un immense tourbillon de joie. Elles sautent comme les jumeaux. Elles chantent comme Rouquin. Elles s'éloignent même de leur trio d'amis.

Et soudain… elles crient d'effroi !

– Ahhh ! Nos oreilles !

Un violent coup de vent a fait voler leur déguisement. Deux paires d'oreilles s'envolent.

Adèle et Léonie s'affolent.

– On va nous repérer !

– On va nous gronder !

Elles se précipitent pour
les rattraper.

Tout à coup… **POUF !**…
plus d'oreilles dans le ciel !

– Tiens! Quels drôles d'oiseaux!
se dit le chat qui vient de les saisir,
après un formidable saut.

Les deux amies s'arrêtent près
de l'agile félin. Il porte de hautes
bottes mauves. Adèle et Léonie
se sentent bien petites dans leurs
souliers.

– Euh... c'est... à nous ! dit Adèle,
les jambes molles.

– Ces oreilles sont à vous ?
s'étonne le chat.

Sa voix grave ferait frémir toutes
les souris du monde... et les deux
meilleures amies du monde !

– Oui… répond Léonie. Elles sont
à nous.

– Vous êtes très mignonnes,
toutes les deux. Mais… vous
n'êtes pas supposées être ici,
il me semble ?

– Euh… Nous… Nous allons vous
dire toute la vérité…

Le chat ouvre les yeux très, très
grands. Puis il éclate d'un rire long
et bruyant :

– Ha ! Ha ! Ha !…

Le félin replace les oreilles sur
la tête des deux amies.

– Ha! Ha! Ha! Me dire la vérité, à moi ?… Le plus beau menteur de tous les chats ! Ha! Ha! Ha! Quand je vais raconter ça au marquis de Carabas… il va bien rigoler !

Adèle et Léonie restent immobiles.

Le chat court rejoindre
les autres animaux, qui entrent
dans le bibliobus.

– Adèle ! Léonie ! crient en chœur
leurs trois amis poilus, qui arrivent
en courant.

– Est-ce que nous avons bien vu ?
lance Rouquin. Vous discutiez
avec le Chat botté ?

– Quelle chance ! ajoute Grizou. C'est très rare qu'un héros accepte de parler à des spectateurs.

– Lui avez-vous demandé un autographe ? demande Ripou, tout excité.

« C'était le Chat botté ! » se disent les deux amies, qui n'arrivent toujours pas à bouger d'un poil.

Quelle aventure !

Chapitre 4

Adèle, Léonie et leurs amis sont de retour dans la cour, près de leur banc favori.

Chacun a le nez ou le museau dans un livre. Ils en ont rapporté plusieurs du bibliobus.

Les deux voisines lisent
des histoires du même héros :
le Chat botté.

– Vous avez aimé le défilé,
les filles ? lance Rouquin.

Toutes deux font oui de la tête,
sans quitter leur livre des yeux.

– L'année prochaine,
vous reviendrez ?

Deux visages se relèvent d'un coup.

– Ouiiii ! lancent Adèle et Léonie.

– Il y aura une surprise ! continue Rouquin.

– Ça oui ! font les jumeaux d'un air coquin.

– Quoi ? Quelle surprise ? demandent les amies.

– Grizou, Ripou et moi, nous ferons partie du Grand défilé.

– C'est impossible ! proteste
Adèle.

– Vous n'êtes pas des héros
de livre ! ajoute Léonie.

Rouquin annonce aux deux
jeunes filles une grande nouvelle :

– Oui, nous serons les héros
d'un livre !

Grizou poursuit :

– D'un petit roman, qui aura pour
titre *Le Grand défilé*.

– Et vous serez aussi dans ce livre, Adèle et Léonie ! déclare Ripou. Il racontera l'histoire que nous venons de vivre ensemble, tous les cinq.

Adèle et Léonie n'en reviennent pas ! Les deux meilleures amies du monde sont aussi… **les deux amies les plus heureuses du monde !**